토카타

Toccata

배삼식 희곡   토카타

민음사

차례

토카타

7

마디와 매듭

61

추천의 글

135

토카타

여자　노년

남자　중년

춤추는 사람

「토카타」는 2023년 8월 19일부터
9월 10일까지 LG아트센터에서
초연되었다.

여자   오랜만이에요. 벌써 2년쯤 됐나? 우리 못 만난 지가.
가만 있어 봐. 여기 뭐가 묻었네. 칠칠맞게. 응, 이
제 됐어요.

뚱하긴. 내가 그렇게 보고 싶었어요?

할 수 없었잖아요. 알잖아, 내가 당신한테 올 수 없
었던 거.

내 사랑. 당신은 언제 봐도 듬직해.

자, 날 좀 안아 줘요. 어서.

응, 그래, 그렇게…… 아, 좋아라…….

여전하네요, 여전해 당신은.

어쩌면 이렇게 부드럽고 따뜻하고 다정한지.

절도 있고 단호하고 세심하고 사려 깊고 또 한결같
은지.

그리웠어요. 당신이, 당신 품이, 당신 손길이, 나지
막한 당신 숨소리가.

당신은 짐작도 못 할 거야, 그동안 내가 얼마나 외
로웠는지.

정말이야. 당신을 집으로 데려올까도 생각했었어.
몇 번이나.

가끔 너무 외로워져서. 그럴 때 있잖아요. 허공에
붕 뜬 듯이,

세상은 멀고 내 몸이 어디 있는지도 모르겠을 때.

하지만 겁이 나기도 했어요.

난 뜨거운 여자거든. 몸은 식었어도 마음은 뜨거운

토카타   9

여자거든.

당신은 차가운 내 몸을 따뜻하게 덥혀 주니까.

당신한테 푹 빠져서 영영 헤어나오지 못할까 봐.

당신 품에 안겨서

당신 품이 내 무덤이 될까 봐.

하긴 그것도 나쁘진 않겠지만 말이야.

그래요, 그렇게, 날 쓰다듬고 어루만져 줘요, 어서.

돌덩이처럼 굳은 내 몸을

부드러운 물처럼 흐르게 해 줘.

그 듬직한 팔로 나를 가볍게 들어올려 줘요.

요람에 든 어린아이처럼

나를 가만가만 흔들어 줘요.

그래요, 그렇게.

남자   글쎄, 무슨 마음으로 그랬는지 모르겠지만

나도 모르게 난 그걸 만지고 말았지.

너한테 마음이 있어서? 너를 좋아해서? 사랑해서?

너는 내가 그렇다고 대답하면 좋아하겠지만 글쎄,

솔직히 말하자면

그냥 아무 생각 없었어. 마음 같은 건 없었어.

그때 너는 내게서 뒤돌아 앉아 있었고

무언가에 골몰해 있었고, 그 방심의 뒤편에

너의 머리칼이 있었지

반듯한 어깨를 지나 견갑골 사이로

잘록한 허리 아래로 엉덩이 위에까지
부드럽게 반짝이며, 탐스럽게 물결치며 흘러내리던
그 매끈하고 까만 머릿결
정전기 때문인지, 네 머리카락 몇 올이 마치 살아
있는 생물처럼
몸을 일으켜, 너풀너풀 허공을 더듬고 있었어.
연안(沿岸)의 따뜻한 바다 밑에 너울거리는 해초(海
草)처럼
창(窓)으로 비껴드는 빗줄기 속에서.

여자   당신 품에 안겨서
이렇게 당신 품에 안겨 눈을 감고 누워서
나는 가벼워져요.
낱낱이 샅샅이
당신은 내 몸 구석구석을 어루만지고
나는 내 몸을 잊어버려요.

거북의 목
굳은 어깨
굽은 등
어긋난 허리
처진 가슴
흘러내리는 배
늘어진 엉덩이

앙상한 허벅지

닳아 버린 무릎

갈퀴 같은 두 손

나무뿌리 같은 두 발

뒤틀려 서로 부딪치며 아우성치는

구멍 난 뼈들

주저앉은 근육들

촛농처럼 흐물흐물한 살들

구겨진 종잇장처럼 얇은 살갗

그 위에 새겨진, 시간의 낙서들

물기가 마른 자리에

남은 얼룩들,

물기 없이 자라나는

버섯과 곰팡이 들

머리 위에 흩날리는, 마른 풀들

당신은 그 모든 것들을 어루만지고

그 모든 무게를

나는 잊어버려요.

그 모든 무게로부터

나는 눈을 감아요.

아무것도 생각하지 않아요.

남자   아무 생각이 없었던 거지.

생각이란 게 있었다면 그럴 수는 없었을 거야.

여자　당신 손길을 따라 그저 흘러가요.
　　　그 잔잔한 물결 위에 몸을 맡기고.

남자　나는 손을 내밀어 네 뒤통수를 쓰다듬었어.

여자　나는 찰랑찰랑한 물결 같아요.

남자　너는 뒤돌아보았고, '뭐지, 이건?' 0.5초.

여자　어린아이 같아요.

남자　그리고 팔짝팔짝 뛰며, 소리를 지르며 화를 냈지.

여자　아무것도 부끄럽지 않아요. 당신 품 안에서는.

남자　네가 공들여 감추곤 했던 납작한 뒤통수는 너의 콤
　　　플렉스.

여자　나는 자꾸만 재잘거리게 되죠.

남자　나는 네가 팔짝팔짝 뛰는 게 재미있어서, 그걸 또
　　　보고 싶어서

여자   당신이 말없이 나를 안아 줄 때면

남자   네가 아무리 정색을 해도, 진저리를 치며 소리를 질러도

여자   흥얼흥얼 콧노래를 부르고 싶어져요.

남자   자꾸만 네 뒤통수를 쓰다듬었지.

여자   말도 안 되는 얘기를 하고 싶어져요.

남자   그때마다 너는 팔짝팔짝 뛰었지.

여자   아무짝에도 쓸모없는 얘기들을, 자꾸만 하고 싶어져요.

남자   그럴수록 너의 그 까만 머릿결은 더 탐스럽게 반짝이고

여자   당신이 나를 이렇게 쓰다듬어 줄 때면

남자   더 부드럽게 물결치며 흘러내렸어.

사이.

여자	그냥 걸었어요. 많이 걸었지. 그 애가 가고 나서는. 딱히 할 일도 없고.

그냥 걸었어요. 많이 걸었지. 그 애가 가고 나서는.
딱히 할 일도 없고.

걷지라도 않으면 마음을 종잡을 수 없어서,
어떻게든 그 마음이란 걸 놓아 버리려고, 아무 생
각 안 하려고.

버릇처럼. 버릇이 됐죠, 그 애 때문에. 까탈스러운
애라,

집에선 절대 볼일을 보지 않았거든요. 매일 산책을
해 줘야 했지.

응, 지난 여름에요. 왜는 뭐. 늙었으니까. 갈 때가
돼서 간 거죠.

잘 생겼었지. 인물값 하느라고 그렇게 성질이 못
돼먹었었나?

아유, 처음엔 질색했었죠. 손녀딸애가 그 애를 데려
왔을 때는.

남편이 가고 이태쯤 지났을 땐가.

취직 공부한다고, 손녀애가 잠깐 우리 집에 와 있
었거든.

이 애가 무얼 안고 온 거야. 눈 오는 날에.

그 조막만 한 것을 담요에 싸 가지구. 기가 차서.

나한테는 말도 없이. 허락도 안 받고 말야.

도로 갖다 주라고 내가 막 야단을 해도 자꾸 개를
들이밀면서

"예쁘잖아. 할머니는 안 이뻐?" 이쁘기는. 꼭 커다
란 쥐 같은 걸.
젖도 제대로 못 뗀 걸 데려오면 어떡하냐고.
"엄마가 없어졌대." "왜?" "몰라, 없어졌대. 갈 데도
없대. 불쌍하잖아."
"아유, 몰라! 저리 치워. 마당도 없는데 애를 어디
서 키워." "집 안에서."
"뭐? 안 돼. 절대 안 돼!"
난 개 키워 본 적도 없고. 싫어했어요. 좋아하진 않
았지. 난 사실 개가 좀 무서웠거든요. 근데 뭐 내 말
을 들어먹나. 기어이 그 애를 거실 한쪽에 담요 깔아
재워 놓고는, 손녀는 약속 있다고 나가 버렸어요.

잔뜩 부아가 나서 설거지를 하고 있는데, 발등에
뭐가 물크덩해.
자고 있는 줄만 알았더니, 이게 내가 못 본 새에 꼬
물꼬물 걸어왔나 봐.
싱크대하고 내 다리 사이로 비적비적 들어와서는,
내 발등에 털푸덕 누운 거야. 나는 쳐다보지도 않고,
입을 쩌억 벌리고 하품을 하고 한숨을 푸욱 내쉬
더니,
자더라구요, 내 발등을 깔고. 그 웃기는 녀석이.
한참을 꼼짝 못하고 서 있었어요.
쌔근쌔근 숨을 쉬는 그 하얀 털뭉치를 내려다보

면서.

보드랍고 말랑말랑하고 따뜻하고 조그맣고

안쓰럽고 외롭데.

괜히 나까지 안쓰럽고 외롭더라구요.

남자   그렇게 네 머리카락이 내게로 흘러왔지.

그 그늘 속에서

우리는 머뭇머뭇 손을 잡았고

굳이 하지 않아도 되는 일들을 하면서,

때로는 아무 일도 하지 않으면서, 별일 없는 시간

들을 함께 보냈고

꼭 가지 않아도 되는, 굳이 갈 필요는 없는 곳들을

함께 돌아다녔다.

알 수 없는 생각이랄까, 마음이랄까,

그걸 잊어버리기 위해서, 놓아 버리기 위해서

어두운 구석 자리에서 함께 술을 마셨고,

아무것도 생각이 안 날 정도로 취했고,

그 몽롱한 어둠 속에서

서로를 끌어안고 더듬거리다가

취기에 달아오른 입술을 맞추었지.

여자   그 애는 누가 자길 만지는 걸 별로 좋아하지 않았

어요.

혼자 있는 건 그렇게 싫어하면서도. 왜 그렇게 됐나 몰라.

어릴 땐 안 그랬는데. 괜히 내 옆에 와서 치덕대고 비비적대고 할짝거리고,

저리 가라고 밀어내도 꾸역꾸역 와서는

내 발치에, 옆구리에 등을 붙이고 자곤 했는데.

뭐, 내가 좋아서 그랬겠어요?

지가 다 알아서 한다고 그러더니, 알아서 하기는 개뿔.

손녀애는 봄에 취직이 돼서 지방으로 내려가 버리고,

집엔 저하고 나밖에 없으니까. 저도 별수 없으니까 그런 거지.

이게 좀 크니까, 꼭 아들 녀석들하고 똑같애.

내가 아들만 둘이거든요.

어렸을 땐 그렇게 안기고 치대고 매달리고 물고 빨고 하더니

이제 코밑이 거무스름해지고 목소리 걸걸해지고 하니까,

이것들이 손만 잡아도 슥 빼내고, 얘기 좀 하자 해도 실실 피하고

자기들 방에 틀어박혀서 나오질 않고. 그것도 유전인가 봐.

똑 지 애비 닮아 가지고. 먼저 간 남편이 그랬거든요.

어디 갈 때, 나는 손도 잡고 싶고 팔짱도 끼고 싶은데.

스윽 빼내고 툭 쳐내고. 둘이만 있어도 그래.

한창 때야, 둘이 뜨거울 때야, 뭐, 그랬지만, 금방이지, 뭐.

그런 때가 있긴 있었나 싶어.

나는 그냥 가만히 안고만 있어도 좋겠는데 말야, 꼭 그걸 안 해도 말야.

근데 사내들은 그 생각뿐이야. 그저 자기 볼일만 급하지.

지 볼일만 보고 나면 그걸로 땡이야. 자다가 내가 손이라도 올리면

잠결에도 툭 쳐내고 돌아눕는데, 그게 그렇게 서운해.

막 미워서 콱 쥐어박고 싶게. 몇 번 그런 적도 있어.

다들 효자지. 잘해요. 때 되면 찾아오고 이것저것 신경 써 주고.

그래도 딸이 하나 있었으면 좋았을 거야.

모녀가 손 잡고 팔짱 끼고 가는 걸 보면 부럽더라.

이것들은 그런 게 없어. 살갑게 날 안아 주거나 만져 주는 법은 절대 없지.

아직 살아 있었으면 그 양반도 좀 살가워졌으려나?
이제쯤은 자기도 아쉬울 테니까. 외로울 테니까.
하지만 이젠 외로울 일도 없겠지.

남자 그렇게 우리는 자꾸만 어둠 속으로 들어갔지.
내 코끝을 간질이며 흘러내려
얼굴 위로, 어깨 위로, 가슴과 배, 허벅지 위로 흔들
리던
너의 머리카락, 그 나른한 물결 속에서
미분화(未分化) 상태의 유생(幼生)들처럼 부유(浮
遊)하며
몸을 부비며 서로를 더듬고 또 더듬으며
그렇게 우리는 서로를 발견하고
그때마다 우리는 서로를 잃어버렸지.

여자 아무튼, 그 녀석도 그랬어요. 다른 개는 안 키워 봐
서 모르겠지만
아무튼 희한한 놈이야. 6, 7개월쯤 지나니까 이게
잔머리 굴리는 게 보여.
그 머리통 속에 도대체 무슨 생각이 들었는지는 모
르겠지만.
아무튼 생각이 많아. 무조건이 없어요, 이 녀석은.
어떨 때는 부르지도 않았는데 와서는, 시키지도 않
았는데 발을 내밀고

턱을 내 무릎 위에 올리고 말끄러미 봐. 꼬리를 살
래살래 흔들면서.

세상 착한 얼굴로. 지가 아쉬운 게 있을 때만. 뭐 필
요한 게 있을 때만.

그러다가도 어떨 때 좀 쓰다듬고 만지려고 하면
싫은 티를 팍팍 내. 콧잔등을 찌푸리면서.

물리기도 여러 번 했죠. 팔이 퉁퉁 부어서 병원에
간 것도 두어 번 되고.

가만 있을 땐 천사 같은데, 이거 속을 알 수가 있어
야지.

이 빤한 자식은 알았을 거야. 내가 자기를 무서워
한다는 걸.

자기한테 절대 무얼 가르칠 수 없다는 걸.

두 번째 크게 물렸을 때는, 정말 안 되겠다 싶어서
송추에서 화원하는 친구네 집에 얘를 맡기러 간 적
도 있었어요.

아들네 차로 가는데, 뒷자리에 나랑 탔거든요.

저도 무얼 알았는지, 내 무릎에 딱 올라앉아 찰싹
달라붙어 가지고는

내 가슴이 뻐근하도록 제 몸을 나한테 밀어붙이는
거야. 가는 내내.

온몸이 바짝 굳어 가지고 바들바들 떨면서.

내 어깨에 끈적한 침을 뚝뚝 흘리면서. 날 물어뜯

토카타

을 때는 언제고.

내 손목을 열두 바늘이나 꿰매게 만들어 놓고 말이야.

그 집 뒤편 개집 옆에 개를 묶어 놓고 나왔죠.

묶어 놓을 수밖에 없대. 바로 옆에 왕복 6차선 도로가 있어서.

돌아서서 나오는데, 원래 거기 있던 애들은 막 컹컹 짖어 대고,

돌아보니까 그 애가 멀거니 서서 나를 보데요. 짖지도 않고.

결국에는 아들이 구파발에서 차를 돌렸어요. 내가 하도 우니까.

아들놈이 두고두고 놀려요. 아버지 돌아가셨을 때도 그렇게는 안 울더라고.

미안하단 인사도 제대로 못하고 허둥지둥 그 애를 다시 데려왔죠.

빳빳하게 굳은 몸을 나한테 밀어붙이면서

부들부들 떨고 있는 그 녀석을 안고

잔뜩 힘이 들어간 목덜미를, 등어리를 붕대 감은 손으로 쓰다듬으면서.

남자   "날 사랑해?"

어둠 속에서 손으로 내 배를 쓰다듬으면서,

그것이 우리가 표류하고 있는 망망대해에서 매달
려 있는

유일한 부표라도 되는 것처럼,

손끝으로 내 젖꼭지를

집요하게 만지작거리면서

너는 나한테 묻곤 했지.

"날 사랑해?"

"응."

"정말?"

"응."

"사랑한다고 말해 줘."

"그걸 꼭 말로 해야 알아?"

"말로 해 줘. 사랑한다고."

"……사랑해."

"날 사랑하지 않는구나?"

"사랑한다고 했잖아.

"넌 날 사랑하지 않아."

"사랑해, 사랑해, 사랑해. 됐어?"

"아니야. 아니야. 아니야."

침묵. 그리고

서늘한 공허가 우리의 맨살에 스며들었고

그래서 우리는 서둘러 다시 어둠 속으로 들어가곤
했어.

불안과 혼란으로 가득한 서로의 살갗을
부비고 핥고 문지르면서
그 살갗 너머에 도사린 불안과 혼란을, 공허를
지워 버리려는 듯이
지치지도 않고
더듬거리고 쓰다듬고 어루만지면서
너는 내가 "널 사랑하지 않는다"는 사실을 잠시 잊
어버렸고
어둠으로부터 돌아오며 다시 묻고 또 물었지.
"날 사랑해?"
지치지도 않고.

여자　집에 와서 산책을 나갔죠. 그날은 오래, 아주 오래
　　　산책을 했어요.
　　　지치지도 않고.
　　　그 애가 밥보다 더, 세상에서 제일 좋아하는 게 산
　　　책이었으니까.
　　　딴 데 정신이 팔려서 그런 건지,
　　　산책 나왔을 때만큼은 개도 느긋하고 너그러워져서,
　　　마음껏 만질 수 있었어요.
　　　공원 벤치에 앉아서 눈곱을 떼어 주고, 엉덩이에
　　　붙은 풀씨를 떼어 주고
　　　뜨뜻하고 보드라운 목덜미를 가만히 쓰다듬으면서
　　　뭘 듣고 보는 건지, 휙휙 돌아가는 뒤통수와 쫑긋

거리는 두 귀를 보면서 생각했죠.

이 녀석은 이걸 절대 잊지 않겠지.
이 빤한 녀석은 잊지 않을거야. 날 미워하겠지.
어떻게 해도 난 네 속을 다 알 수 없을 거고, 너도
그렇겠지.
너는 관심도 없겠지. 내 속 같은 건. 그저 내 다리에
몸을 비비고,
까맣고 축축한 코를 들이밀고, 분홍빛 혀로 내 손
을 핥겠지.
나는 너를 쓰다듬고 긁어 주고 씻기고 닦아 주겠지.
그러다 기분이 나쁘면 너는 나를 물겠지.
그리고 또 언제 그랬냐는 듯이 꼬리를 흔들며 나한
테 오겠지.
아무것도 모르겠다는 눈으로 네가 나를 빤히 처다
보면
나는 어이가 없어서 너를 쓰다듬다가 또 다 잊어버
리겠지.
아무 생각 없이 너를 쓰다듬겠지.
네 콧등과 이마를

남자   가지런한 너의 눈썹

여자   쭈욱 쭉 늘어나는, 말랑말랑한 볼때기살

남자   얇은 눈꺼풀, 그 위로 비치던 푸른 혈관들

여자/남자 그리고 네 눈망울

남자   쌍꺼풀 사이 그 좁은 틈새에

여자   하얀 속눈썹

남자   부드러운 윤기
        눈가의 자잘한 주름들
        관자놀이 위에서 뛰놀던 너의 심장

여자   부드러운 네 목덜미
        단단한 가슴팍
        곧은 등과 늘씬한 허리
        토실토실한 엉덩이와
        탄탄하게 골이 진 허벅지의 근육
        탐스럽게 말려 올라간 네 꼬리를

남자   나는 어루만지지
        매부리처럼 살짝 굽어 흘러내린 너의 코
        언제나 서늘하던 너의 코끝
        보드라운 뺨, 솜털들
        입술, 반짝이던 치아

너의 귀

머리칼을 헤쳐 찾아내곤 했던 작은 귓바퀴

귀를 뚫었다가 생긴, 귓불 위의 흐릿한 흉터

자장 국물 묻었다고 내가 놀리곤 하던

턱 위의 갈색 점 하나

여자   그렇게 나는 또 다 잊어버리고

너를 쓰다듬지.

여자 쪽의 조명이 서서히 어두워진다.

남자   그 모든 것들

그 위로 물결치던 가느다란 떨림과

나지막이 번지던 네 한숨도

내 입술 위에, 손끝 위에, 살갗 위에

모두 새겨져 있지.

남자가 대사하는 동안 남자도 어둠 속에 잠기고

무대 위로 무용수가 등장하여 춤추기 시작한다.

춤 1

(이 춤은 앞선 배우들의 장면을 부연 설명하거나

묘사하는 것이 아니다.

이 작품을 하나의 음악적 구조로 본다면,

배우들의 장면과 마찬가지로

토카타   27

하나의 독립된 '악장(樂章)'으로 다루어져야 한다.)

무용수의 움직임과 음악이 천천히 정지와
침묵 속으로 내려앉는다. 서서히 암전.
어둠 속에서 병원 중환자실에서 들려올 법한
소음들. 무대 다시 밝아진다.

남자 잠깐씩 눈을 뜨면 허연 천장이 보였어.
    허연 빛, 허연 형체들이 눈앞에 어른거리다 사라
    지고
    눈앞에는 또다시 허연 천장, 허연 빛.
    끈적한 점액질처럼 고여 흐르지 않는 공기.
    누가 창문을 좀 열어 주었으면.
    먹먹한 물속에서처럼 소리들은 멀리서 웅웅거리고
    물 밖에 끌려 나온 물고기처럼
    내 삶은 목울대 언저리에서 겨우 헐떡이고 있었어.
    숨 쉬는 것도 내 힘으로는 못하고, 그때는
    참 형편없었지. 고통을 느끼기에는 뭐랄까,
    그때 나는 너무 텅 비어 있었어.
    외로웠지. 지독하게 외로워서
    난 눈을 감았지. 눈을 감고 자꾸만
    잠 속으로 미끄러져 내려갔지.
    그런 것도 잠이라고 부를 수 있다면 말이야.

여자	젖을 물리고 있었어요. 부드러운 빛을 받으며

내 가슴은 하얗고 탐스럽고

아이는 한 손으로 내 가슴을 붙들고

반쯤 감은 눈으로 내 눈을 바라보면서

보드라운 잇몸과 도도록한 윗입술로 내 젖꽃판을

꼭 움켜쥐고

그 조그만 혀로 젖꼭지를 단단히 감싸고, 그 조그

만 것이

얼마나 세차게 젖을 빨아들이던지!

내 아랫배가 움찔움찔하도록 말이에요.

피르르르르, 내 안에서 젖이 돌아 그 아이 입안으

로 쌕쌕 흘러드는 소리,

목구멍으로 꿀럭꿀럭 젖이 넘어가는 소리가 들렸

어요.

우린 둘 다 발가벗은 채 맨살을 맞대고 있었지요.

내 배 위에서 아이의 따스하고 조그만 배가 부풀어

오르는 게 느껴졌어요.

아이는 물고 있던 젖을 놓고 스르르 잠이 들었고

나는 꿈에서 깨어났어요.

울었어요. 한참 동안. 혼자 누워서.

어렸을 때, 잠에서 깨어 이유도 없이, 왜 우는 줄도

모르고

서럽게 울던 때처럼. 그런 때가 있었지요.

그때는 엄마한테 지청구를 들으면서도 한참 그렇게 울고 나면
뭔가 개운하고 푸근해졌던 것 같은데, 지금은 그렇지도 않데요.
그렇게 한참 울고 났는데도 그건 아직도 꿈에서 깨질 못하고,
내 젖꼭지 말이에요.
아직도 설레어 있더라고요. 주책없이.

그래요. 난 늙었어요. 모든 게, 그래요, 아니라고 말할 수는 없죠.
당신도 잘 알잖아요. 머리끝부터 발끝까지, 모든 면에서
시들고 말라붙고 늘어지고 무너져 내렸지요.
당신이 아무리 날 쓰다듬고 어루만지고 다독이고, 아무리 애를 써도
그걸 막을 수는 없어. 그래도 늘 고맙게 생각해. 당신에 대해서는.

그런데 그 아이는 누구였을까?
아무리 생각해도 내 아이는 아니고
모르겠는데 낯설지는 않았어요.

언젠가는, 그래요, 기억도 안 나지만, 언젠가는

나도 그렇게 엄마 품에 안겨서,
하얗고 탐스런 가슴에 매달려서
반쯤 감은 눈으로 흐릿한 얼굴을 올려다보면서
통통하고 발그레한 두 볼을 쉴 새 없이 옴죽거리
면서
젖을 빨고 있었겠지요.
엄마는 솜털 같은 내 배냇머리를 쓰다듬고
가만가만 내 등을 쓸어 주고 토닥였겠지요.

그 아이는 어디로 갔을까요?

남자   너는 왜 오지 않을까? 왜 날 찾아오지 않을까?
찾아와서 내 손을 잡아주지 않는 걸까?
내가 이렇게 형편없는데, 힘들고 아픈데, 넌 어디로
갔을까?
어디로 갔길래, 날 이렇게 혼자 내버려두는 걸까?

여자   아직도 집 안을 청소하다 보면 여기저기 그 아이
털이 남아 있어요.
치우고 닦아 내도 어디선가 자꾸 나오더라구요.
마루 구석에, 옷장에, 옷에, 서랍 안에, 커튼 자락
에, 책갈피 사이에, 내 신발 안에도 그 애는 여전히
묻어 있어요.

토카타   31

남자   의식이 깜박일 때마다 나는 묻다가 다시 까마득한
        어둠 속으로,
        이 몸, 텅 빈 주머니 안 어딘가로 떨어져 내리고
        무어라도 붙잡고 싶어 손을 내밀어 보았지만, 그건
        내 마음일 뿐이고
        아무것도 붙잡을 수는 없었고
        진흙 늪에 던져진 돌멩이처럼
        천천히 아래로, 아래로, 한없이, 가망없이 가라앉
        다가

여자   코를 박고 밖을 내다보던 창틀에는
        그 녀석이 흘려 놓은 침자국도 있고요.
        의자 다리, 책상 다리, 소파 다리, 나무 미닫이문 틀
        에는
        한창 이갈이 하느라고 잔뜩 갉아 놓은 이빨 자국도
        남아 있죠.
        그때 그 애가 여기저기 흘리고 다닌 젖니들을 주워
        다가
        필름 통에 넣어 놨었는데, 그 애 물건들 버릴 때 그
        건 못 봤네.
        그걸 어디 뒀을까?

남자   너무 멀리 왔구나 하는 생각, 내가 다시 돌아갈 수
        있을까,

다시 올라갈 수 있을까, 내가 여기서 빠져나갈 수
있을까,
하는 생각에, 눈앞에 가득한 어둠이 온통 얼어붙는
것 같아서
나는 나도 모르게, 있는 힘을 다해,
네 이름을 불렀어.

여자　목줄, 가슴줄, 산책 줄, 이름표, 밥그릇, 물그릇, 사
료, 간식, 발톱깎이, 샴푸, 장난감들, 깔고 자던 쿠
션, 담요, 비옷, 귀 청소하는 약, 안약, 관절염 걸려
서 먹였던 소염 진통제, 겨울용 신발, 입마개, 그 애
가 나이 들고 다리가 불편해졌을 때 거실에 깔아
줬던 카페트.

남자　그리고 들었지. 메아리처럼.
네가 네 이름을 부르는 소리.
마지막, 너의 목소리를.

여자　다 치웠는데, 깨끗이 치웠는데.

남자　그리고 푸른 장갑. 푸른 라텍스 장갑.

여자　이 털만큼은 어떻게 할 수가 없네요.

남자   "환자분? 놓으세요. 놓으세요. 여기 붙잡으세요."
        방호복을 입은 간호사가 자기 손에서 내 손을 떼
        내어
        침대 난간에 올려 주었지.

여자   무언가가 없어진다는 건 이렇게 더디고 긴 일인가
        봐요.

남자   그렇게 나는 외로운 살갗 위로 다시 돌아왔지.
        눈물이 흘렀고 나는 다시 잠이 들었어.

여자   깨끗이 치웠다고, 깨끗이 지우고 잊었다고 생각했
        는데
        돌아서면 거기 무언가가 아직 남아 있어요.
        마음이란 것에도 스위치 같은 게 달려 있으면 좋을
        텐데.

남자   그 밤, 응급실에 들어섰을 때
        침대에 누워 의식을 잃어가는 너에게
        당직 의사가 물었지. "이름이 뭐예요?"
        너는 네 이름을 말했어.
        두 번. 놀라울 정도로 또렷하게.
        그게 너의 마지막 말이었지.
        그리고 툭, 스위치가 꺼지듯,

너는 눈을 감고 의식의 저 밑바닥으로 가라앉아 버렸다.

순식간에.

여자   김포에 가서 그 애를 화장(火葬)해 데리고 와서,

개 어렸을 때 둘이 자주 가던 공원 산책로 안쪽으로 들어간 숲속에,

소나무 아래 묻어 줬어요. 몰래.

불법인 건 알지만, 개가 거길 제일 좋아할 것 같아서.

좀 뛰게 해 주고 싶어서, 거기 풀어 놓곤 했었거든요.

그러고 나면 꼭 털에다가 진드기를 달고 오곤 했었지.

착 달라붙어 가지고 안 떨어지던 그것들을.

남자   삑, 화면이 켜진다.

"잘하고 있어! 금방 좋아질 거야! 힘내! 기다리고 있을게! 화이팅!"

휴대전화 화면 안에서 친구들이 내 이름을 부르며 손을 흔들고 하나같이 고래고래 소리를 지른다.

나는 대답 대신 왼손으로 브이 자를 그려 보인다.

내 눈앞에 휴대전화를 대 주고 있던 간호사가

자꾸만 내려오는 내 검지를 붙잡아 세워 준다.

토카타

삑. 휴대전화 속으로 친구들은 사라지고
네가 없다는 사실은 선명해진다.

여자 한동안은 집 안 여기저기에 그 하얀 녀석이
어른어른하는 게 보이기도 하고, 타닥타닥 발소리,
제 앞발에 턱을 괴고 누우며 한숨을 내쉬는 소리를
듣기도 했죠.
집에 들어오다 아무 생각 없이 그 애 이름을 부르
기도 하고.

남자 "환자분, 주무시면 안 돼요. 눈 뜨세요.
이제 혼자서 숨 쉬는 연습을 하셔야 돼요. 자, 조금
씩, 천천히."
숨 쉬는 연습. 혼자서 숨 쉬는 연습
그래, 나는 **혼자서** 숨 쉬는 연습을 해야 한다.
조금씩, 천천히 나는 **혼자서** 숨을 쉬기 시작한다.

여자 당신이니까 이런 얘길 들어 주지. 다른 사람들한테
는 이런 얘기 못 해.
유난 떤다고 그러겠지. 아들놈만 해도 속으론 그럴
거야.
말로야 적적해서 어떡하나 어쩌구 해도.
"한 마리 더 데려올까?"
"됐다. 나 이제 개라면 아주 징글징글하다."

36

"그래. 어머니 이제 연세도 드시고 힘들어서 안 돼."

그래, 그렇죠. 아들 말이 맞아요. 힘들어서 안 돼, 이젠.

십오 년. 그 꼬순내가 나던 조막만 한 것이 말썽꾸러기가 되고, 늠름한 청년이 되고, 운 좋게 장가들어 새끼들도 보고, 제법 점잖은 아저씨 티를 내다가 천천히, 천천히 나이가 들어가고, 걸음이 느려지고, 귓병이 생기고, 눈병이 생기고, 관절염 때문에 절뚝거리며 다리를 절고, 계단 몇 개 올라서는 것도 힘들어지고, 보드랍던 털은 푸석해지고, 부스럼이 생기고, 이빨이 빠지고, 눈이 어두워지고, 귀가 어두워지고, 그 좋아하던 산책도 오래는 못하게 되고, 누워서 잠자는 시간이 많아지고, 다시는 일어설 수 없게 되도록, 내 눈앞에서 그 애가 재빨리 늙어가는 동안, 나도 천천히, 천천히, 늙었지요.

남자   조금씩, 천천히
숨 쉬는 연습. 혼자서 숨 쉬는 연습
나는 혼자서 숨 쉬는 연습을 해.
마지막 침상 위에서 네가 그랬듯이.
겨우·겨우 힘겹게 너는,
너만의 고독 속에 **혼자서** 숨을 쉬고 있었고

토카타

여자   딱 하룻밤 앓고 갔어요

남자   내가 할 수 있는 일은
       네가 가라앉아 버린 심연 저 멀리에서
       이제는 네가 만질 수 없는

여자   무릎에다 머리를 괴어 주고 쓰다듬어 줬죠.

남자   너의 살갗을 쓰다듬고 어루만지며
       너의 고독이 멈추기를

여자   그 불쌍한 것이 숨을 다 하느라고
       어찌나 힘들어하던지.

남자   너의 숨이 잦아들기를

여자   너무 오래 고생 말고 편히 가라고

남자   기다리는 것뿐이었지.

여자   어떡하겠어요.
       그것 말고는 뭘 어떡하겠어요.

남자   내가 할 수 있는 일은.

그렇게 나는 너를 버리고 있었어.

너는 혼자였지.

사이.

그리고 이제

너는 오지 않는다.

나를 찾아오지 못한다.

찾아와서 내 손을 잡아 주지 못해.

나는 너를 만질 수 없지.

너는 멀리 있으니까.

네가 멀리 있어서

내 입술도, 손끝도, 모든 살갗도

나에게서 멀리 떨어져 있다.

나는 나로부터 멀리

떨어져 있다.

여자 나는 손잡이가 반질반질해진 오래된 현관문을 열고 오래된 집으로 들어가죠. 오래된 신발장에 신발을 넣고 오래된 실내화를 신고 오래된 주방으로 가서 오래된 냉장고를 열고 오래된 가스레인지를 켜서 오래된 냄비에 국을 덥히고 오래된 그릇에 반찬을 차리고 밥을 푸고 오래된 수저로 밥을 먹지요. 오래된 씽크대에 설거지를 하고 오래된 세탁기에

빨래를 돌리고 오래된 청소기로 청소를 하고, 오래
된 소파에 앉아서 오래된 테레비를 보다가 오래된
창가로 가서 오래전에 내가 시장에 가서 일일이 만
져 보고 고른 커튼을 치고 오래된 마루 위를 어정
거리다가 오래된 책상에 앉아 오래된 돋보기를 쓰
고 오래된 책들을 뒤적거리다가 오래된 전등이 깜
박거리는 걸 보다가 오래된 욕실로 가서 오래된 얼
굴과 오래된 손발을 씻고 오래된 이빨을 닦고 오래
된 침대로 가서 오래된 잠옷으로 갈아입고 오래된
베개를 베고 오래된 이불을 덮고 오래된 쿠션을 오
래된 버릇처럼 끌어안고 누워서 오래된 벽지들을
바라보면서 오래된 일들을 어제처럼 생각하다가
오래전 사람들을 오래오래 떠올리다가 잠이 들지
요. 괜찮아요. 걱정 마세요. 오래된 것들이 나를 둘
러싸고 있고 감싸 주고 있고 나는 그것들을 어루만
질 수 있으니까요. 그런데 이상하지요? 오래된 내
몸은 아무래도 익숙해지지 않네요. 그런 생각이 들
때면 잠들기 전에 스위치를 내리듯이, 이 오래된
생(生)을 탁, 꺼 버리고 싶어요.
울지 않을 수 없을 거예요. 그 애가 늙어 가는 걸 보
며 내가 울었듯이.
만약에 신이란 게 있다면, 그분이 나를 내려다보고
계신다면,
울지 않을 수 없을 거예요.

춤 2

남자   나는 많이 좋아졌어.

여자   많이 좋아졌어요.

남자   오늘은 침대에서 일어나 화장실에도 갔다 왔어.
　　　　부축을 받긴 했지만.

여자   아직 좀 불편하고 뿌옇긴 하지만.

남자   밤에는 아직 기저귀를 차야 하지만

여자   얼마 전에 백내장 수술을 받았거든요.
　　　　병원에 갔더니 이제 할 때가 됐다 그래서.

남자   가끔 산소마스크를 써야 할 때도 있지만
　　　　에크모는 이제 떼어 냈어.

여자   수술하러 가기 전에 계속 안약 넣는 게 좀 귀찮긴
　　　　했어.
　　　　수술은 금방이에요.

남자   아직도 모든 게 뿌옇고 느리고 둔해

갑자기 늙은이가 돼 버린 것 같긴 해.

여자   초음파로 낡은 수정체를 잘게 부순 다음에,
그걸 싹 긁어 내고 새 걸로 갈아 넣었죠.

남자   죽을 먹기 시작했는데 아무 맛도 안 나.
냄새도 맡을 수 없고.

여자   내가 눈은 좋았는데.

남자   돌아오겠지. 점점 좋아지겠지.

여자   한 번 하면 다시 할 필요는 없대.

남자   한 번 망가진 폐는 어쩔 수 없지만

여자   처음에는 아무래도 좀 불편하겠지만

남자   사는 데 지장은 없을 거래.

여자   이건 영구적인 거래요.

남자   또 그런 대로 적응이 될 거래.

여자   내가 픽 웃었더니, 의사가
　　　　뭐, 영구는 아니어도 반영구는 된다고
　　　　도저히 못 참고 키득키득 웃었지
　　　　의사가 눈을 똥그랗게 뜨고, 왜 그러시냐고,
　　　　수정체가 다시 자라날 일은 없다고,
　　　　내 말을 못 믿냐고, 아, 그런 게 아니고
　　　　갑자기 심형래 생각이 나서 그런 거라고.

남자   어린아이가 된 것 같아.
　　　　이유식처럼 죽을 먹고
　　　　걸음마 하는 아이처럼 두 손으로 보행기를 붙잡고
　　　　중심을 잡으려 애쓰며
　　　　가다 서다 가다 서다 굼뜨게 느릿느릿
　　　　병원 복도를 걸어.
　　　　한 바퀴, 두 바퀴
　　　　멈춰 서서 눈을 감고 가쁜 숨을 고르다가
　　　　세 바퀴, 네 바퀴, 다섯 바퀴
　　　　가끔 나는 다른 곳에서 눈을 뜨기도 하지.

여자   처음 며칠은 물이 들어가게 해선 안 되고,
　　　　잘 때는 안대를 쓰고, 엎드리거나 옆으로 눕지 말
　　　　고 똑바로 누워서 자라고,
　　　　눈에 손을 대거나 비벼서는 절대 안 된다고 했는데
　　　　나도 모르게 자꾸 손으로 눈을 비빌 뻔해서

토카타   43

낮에도 안대를 쓰고 앉아 있다가, 심심해서
안대를 쓴 채 더듬더듬 집 안을 돌아다녀 봤는데

남자   언덕길, 집으로 올라가는 언덕길
　　　　몇 번이고 중간에 주저앉아 한참을 쉬어서야
　　　　네가 올라가곤 했던 그 30미터
　　　　어쩌다 컨디션이 좋은 날,
　　　　한 번도 안 쉬고 올라왔다고 좋아하던 30미터
　　　　나중엔 내가 너를 업고 올라가야 했던 그 30미터

여자   눈을 감으니 그 작은 집이 어찌나 넓은지
　　　　하지만 난 길을 잃지는 않았어요
　　　　오래된 물건들은 옛날처럼 거기 있고
　　　　나도 오래오래 거기 있었으니까.
　　　　나는 오래오래 돌아다녔어요, 눈을 감고 더듬더듬
　　　　오래전 옛날처럼

남자   이른 봄이면
　　　　그 오르막 모퉁이 찻집 마당엔
　　　　매화가 피어 있었는데
　　　　우리는 멈춰서서 매화를 올려다보곤 했었는데
　　　　손을 뻗어 늘어진 가지와 꽃송이들을 만져 보기도
　　　　했었는데

여자　　　침대, 이불, 베개, 쿠션, 벽지, 못자국들, 문틀, 벽
　　　　　시계, 액자들, 타일 바닥, 세면대, 수도꼭지, 거울,
　　　　　발매트, 마룻바닥, 패인 자국들, 유리창, 창틀, 커
　　　　　튼, 책상, 위의 스탠드, 서랍, 그 안의 펜과 노트, 잡
　　　　　동사니들, 장식장, 찻잔들, 꽃병, 소파, 그 앞의 낮
　　　　　은 테이블…… 내가 눈을 감고 그것들을 어루만질
　　　　　때…….

남자　　　그래도 좀 기운이 생기는 일주일 동안
　　　　　그 다음 이 주일을 견디기 위해서
　　　　　무어든 먹을 만한 것이 있을까
　　　　　먹을 수 있는 것이 있을까
　　　　　우리는 열심히 찾고 또 찾고 고르고 또 골라서
　　　　　그게 어디든 찾아갔었지
　　　　　식당들, 식당들, 그리고 식당들
　　　　　차를 몰고 찾아가던 맛집, 맛집, 맛집들
　　　　　먹을 수 있을 거야, 먹을 수 있을 거야
　　　　　음식들, 음식들, 그리고 음식들

여자　　　세탁기, 냉장고, 씽크대, 가스레인지, 냄비, 프라이
　　　　　팬, 그릇들, 그릇들, 4인용 식탁, 의자 네 개, 이불
　　　　　장, 개커 놓은 이불과 이불보, 베갯잇, 옷장, 가지런
　　　　　히 걸려 있는, 차곡차곡 개어 쌓아 놓은, 봄가을, 여
　　　　　름, 겨울, 옷들……

토카타　　　　　　　　　　　　　　　　　　　　　　　45

그것들은 아직 모두 새것이에요. 내가 눈을 감고
어루만질 때.

남자   어때? 괜찮겠어? 먹을 수 있겠어?
      열에 일고여덟은 겨우 한두 술
      좀 참고 더 먹어 봐.
      아무래도 안 되겠어. 미안해.
      어떨 땐 음식에 손도 못 대고
      식당에서 돌아나와 집으로 오던 저녁

여자   아이들은 쿵쿵쿵 마루 위를 뛰어가고
      소파 위에서 펄쩍펄쩍 뛰어오르고 내 목에 매달
      리고
      벽지 위에 낙서를 하고 책상 위에서 뛰어내리고
      마루 위에서 레슬링을 하고 권투를 하고
      엎드려 만화를 보고 벽에 기대 물구나무를 서고
      노래를 부르고 춤을 추고
      온 집 안을 휘젓고 돌아다니며 술래잡기를 하고

남자   미안해, 미안해.
      미안하긴 뭐가 미안해.
      그냥 다. 미안해.
      미안하다 소리 좀 하지 마.
      먹을 수 있을 줄 알았어.

어떡하냐.

집에 가서 누룽지 끓여 줘.

알았어.

미안해.

내일은 냉면집 가 볼까? 내일은 열 거야.

그래, 그러자.

그건 괜찮겠지?

응, 먹을 수 있을 거야. 먹을 수 있을 거야……

여자 그러다 꽃병이 깨지고 벽시계를 떨어뜨리고
      나한테 등짝을 얻어맞고
      치고 박고 싸우다가 한 놈이 울고
      혼이 나서 다른 놈까지 울고
      울다가 한 침대에서 잠이 들고

남자 그러다가, 어쩌다가,
      제대로 한 그릇을 다 비우고 나올 때는
      얼마나 기뻤는지.

여자 그걸 들여다보다가 한숨을 내쉬고
      소파에 와서 앉아 멍하니 테레비를 보며
      남편이 돌아오기를 기다리는 나는
      아직 젊고 싱싱해요.

토카타   47

남자   세 바퀴, 네 바퀴, 다섯 바퀴
        링거 폴대를 붙잡고
        조금씩 조금씩 멀리 걸으며
        나는 조금씩 젊어지고 있어

여자   상처가 다 아물고 안대가 필요없게 됐는데도
        난 가끔 그렇게 눈을 감고 집 안을 돌아다녔어요.

남자   여섯 바퀴, 일곱 바퀴, 여덟 바퀴
        그리곤 급작스레 다시 늙어 버리지.

여자   그렇게 옷장 속을 더듬거리다가
        어느 날 그걸 찾아냈어요.

남자   숨을 고르며 나는
        너에게 찾아왔던 그 갑작스런 노화를 생각해.

여자   눈을 뜨고는 그렇게 찾아도 안 보이더니

남자   순식간에 너를 무너뜨린,

여자   그게 거기 있더라구요, 거짓말처럼.

남자   거짓말처럼 재빨랐던 그것에 대해서.

여자 그 부드러운 감촉. 난 바로 알아차렸죠.

남자 탐스럽고 아름답던 네 머리칼이
빠져나가기 시작했을 때

여자 난 바로 알아차렸죠.
내 실크 잠옷

남자 나는 네 머리칼을 밀어 주었지.

여자 결혼할 때 장만했던 거예요. 하얀 실크 가운.

남자 기억하고 싶지 않은 한 계절이 지나고

여자 그 시절엔 늘 그걸 입고 잠을 잤었죠

남자 네 머리칼은 다시 자라났고

여자 신혼 때, 아직 우리 애들이
우리한테 오기 전에는요.

남자 기억나지 않는 계절이 다시 찾아왔고
네 머리칼은 다시 빠져나갔고

토카타

여자   남편은 이 잠옷을 좋아했었죠.

남자   그때마다 나는 네 머리를 밀어 주었고

여자   이 잠옷을 벗기는 것을 좋아했어요.

남자   그렇게 떠오르고 다시 가라앉는 계절이

여자   우리는 사랑을 나누었어요.

남자   오고 또 가는 동안에

여자   침대 위에서, 소파 위에서

남자   천천히, 천천히

여자   거실 마루 위에서, 욕실에서

남자   시들어 가는 너를 보고 있으면

여자   심지어는 주방에서도

남자   늙어 가는 너를 안고 있으면

여자   우리는 사랑을 나누었어요.

남자   세상엔 우리 둘뿐인 것 같았지.

여자   그때는 우리 둘뿐이었거든요.
       아, 그런 날들이 있었지요.

남자   그리고 그것은 너무 빨랐지.
       마지막 두세 달

여자   나는 눈을 감은 채 옷을 벗고
       알몸 위에 그 실크 가운을 입었어요.

남자   만질 수도 없는 그 작은 것들은
       순식간에 폭발해 버렸고

여자   나는 침대 위에 누웠어요.

남자   나는 진료실 모니터 앞에서

여자   소파 위에 누워 팔을 벌려요.

남자   네 온몸 구석구석 빛나고 있는 그 불똥들을

여자   옛날처럼, 옛날처럼

남자   멍하니 바라볼 수밖에 없었고

여자   마루 위를 구르며 나른하게 뒤척이며
         제 몸을 핥는 고양이처럼

남자   그날이 왔지.

여자   나는 나를 안았지요.

남자   너는 네 이름을 불렀어.

여자   그리고 눈을 떴지요.

남자   그리고 눈을 감았어.

여자   어두웠어요.
         어두웠어요.

여자의 모습이 어둠에 잠긴다.
긴 사이.

남자   오늘은 충분히 걸은 것 같아.

창가에 멈추어 섰어.

창문을 열면 안 되지만 창밖을 내다볼 순 있지.

곧 나가게 될 거야.

나는 살아남았어.

눈이 부셔.

저 아래, 하얀 것.

목련이 피었어.

봄이네.

무대, 환하게 밝아졌다가 어두워진다.

춤 3

무대 다시 밝아지면 늦은 봄. 신록이 푸른 산책로 위.

여자   오랜만에 산책을 나왔어요.

눈 수술 핑계, 황사, 미세먼지 핑계로

집에만 들어앉아 있었더니 봄이 다 가 버렸네요.

백내장 수술을 해서 그런가, 어룽대던 깨알들도 이
젠 없어지고

모든 게 선명해, 눈이 부셔요.

이제 곧 여름이에요.

나는 천천히 걸어요.

볕 좋은 곳에서 길고양이들이 제 몸을 핥고 있네요.

어찌나 구석구석 꼼꼼히 정성스럽게 골똘하게 핥

토카타

아 대는지.

아마 그래서일 거예요.

고양이들이 혼자서도 잘 지내는 건.

물론 친구가 있으면 더 좋겠지만.

혼자서도 저렇게 제 몸을 구석구석 핥을 수 있으
니까

혼자서도 외롭지 않은 거예요. 견딜 만한 거예요.

가만 보고 있으면 대견하고 부럽기도 해요.

길가에 어린 새 한 마리가 죽어 있네요.

이 시절엔 흔한 일이죠.

봄에는 어린 새들이 많이 태어나고 또 많이 죽어요.

걔들은 왜 그렇게 늙은 얼굴로 태어나는지.

아직 제대로 날지도 못하는데 둥지에서 떨어지고
나면

아무도 도와줄 수 없죠.

어미 새들은 제 새끼를 안아 들어 올려 줄 손도, 팔
도 없으니까.

그냥 애타게 주변을 맴돌며 울고 또 울어 댈 뿐이죠.

공원엘 갔다 왔어요. 숲속으로 들어갔지요.

예전 우리가 다니던 오솔길에는 새로 나무 계단 길
이 생겼더군요.

샛길로 돌아가느라고 애를 먹었죠.

데크 위로 가던 사람들이 가끔 멈춰서서 나를 한참씩 건너다봤어요.
'저 노인네가 저기서 뭐하나? 도토리를 줍나? 나물 뜯으러 왔나? 정신이 나가서 헤매는 건가?' 아마 그랬겠지.
그 애 있는 소나무 앞에 찾아가서, 나무에 손을 얹고
'잘 있었니? 나도 잘 있다.' 그 옆 바위에 좀 앉아 있다가
'잘 있어.' 그러고 내려왔죠.

산책로에는 강아지들이 주인하고 산책 나와서
그중에 덩치 크고 무던한 녀석 곁에는
근처 어린이집에서 나왔는지 꼬맹이들이 잔뜩 들러붙어서
"만져도 돼요? 이름이 뭐예요?"
만지고 주무르고 쓰다듬고 웃느라 정신이 없고,
강아지는 가만히 앉아 그걸 다 받아 주면서
입을 헤벌쭉 벌리고 꼬리를 흔들고 있데요.
그 애도 저렇게 좀 무던했으면 좋았을 텐데,
왜 그리 겁이 많고 예민했던 건지.

그 앞을 지나쳐 내려오다가 길가에서
산뽕나무 가지에 붙어 있는 고치 하나를 봤어요.

이건 뭐가 될까, 나방이가 되려나, 나비가 되려나?

예전에 예순 좀 넘어서, 그땐 친구들하고 여기저기
한창 놀러 다닐 땐데,
6월인가, 이맘때쯤 거기가 경상도 어디더라, 맞다,
상주,
거기 갔다가 누에 치는 데를 구경한 적이 있어요.
한쪽에는 누에들이 사그락사그락 뽕잎을 먹으며
꾸물꾸물 자라고,
한쪽에는 벌써 다섯 잠 다 자고 고치를 튼 누에고
치들을 하얗게 산더미처럼 쌓아 놨데요. 그걸 뜨거
운 물에 삶아서 실을 뽑고, 그 안에 든 번데기는 우
리가 먹는 그 '뻔데기'가 되는 거래.
그 하얀 누에고치들 위에 벌써 고치 밖으로 나온
나방이들이, 온몸이 하얗고 눈이 까만 나방이들이
기어다니고 있데요. 누에나방이는 처음 봤어요. 친
구가 물었지.

"쟤들은 어떻게 되는 거예요? 날아가나? 따로 키우
나?"
"걔들은 어차피 못 살아요."
"왜요?"
"입이 없거든요."
"입이 없어요?"

"퇴화돼 버려서 먹이를 못 먹어요. 그러니 날아갈
힘도 없죠."
"왜 그렇게 됐어요?"
"사람 손 타서 그렇죠. 몇천 년 품종 개량을 하다 보
니까."

옆방에서는 어린 누에들이 사각사각 뽕잎을 갉는
소리가 들리고
마을 어귀엔 잠령탑(蠶靈塔)이 서 있더군요.

그런 결정은 누가 내렸을까요?
그건 어떤 마음일까요?
누에들이 다섯 잠을 자면서 어떤 꿈을 꾸었길래
그런 마음을 먹었을까요?
제 입으로 지은 그 조그맣고 눈처럼 하얀 관(棺) 속
에서
마지막 문을 닫듯이 그 입을 닫아 버릴 때,
그 작은 것들의 고독을, 절망을
나는 짐작도 못하겠어요.
그 고독이, 절망이 그토록 부드럽다니!

공원 벤치에는 내 또래의 늙은이들이 여기저기 앉
아 있어요.
고치 속의 번데기처럼.

토카타

나도 그렇게 앉아서 생각하지요.
저 속에는 어떤 나비가 살고 있을까.
어떤 영혼이 날갯짓을 하고 있을까.

키 큰 나무들도 키 작은 나무들도 이제는 제법
잎 그늘이 자욱하고 그 어린 잎들 사이로 반짝이는
햇살이
바람에 부드럽게 흔들려요.

나는 그러지 않을 거예요.
절대 그러지 않을 거야.
내 입을 닫아 버리지 않을 거예요.
나는 걷고 또 걸을 거예요.
언젠가 그 실크 가운을 입고 당신한테 올게요.
따뜻한 물로 이 메마른 고독을 씻고
부드러운 절망을 걸쳐 입고
당신 품에 안길 거예요.
당신한테 노래를 불러 줄게요.

오, 내 사랑
나의 요람
흔들리는 작은 배
내가 들어가 눕는
부드러운 물결

내가 들어가 잠드는
아늑한 고치

오, 내 사랑
외로운
안마의자여,
천 원에 십 분
찜질방의 안마의자여

얼마나 오랫동안
너는 유리벽 너머
자욱한 수증기 속에서
무너진 육신들이
쓸쓸한 영혼들이
흔들리는 것을
바라보았던가
수없는 절망을, 고독을
어루만지며
너는 말이 없어졌구나
오, 내 사랑
안마의자여,
천 원에 십 분
찜질방의 안마의자여
나의 요람

토카타

흔들리는 작은 배
내가 들어가 눕는
부드러운 물결
내가 들어가 잠드는
아늑한 고치

나를 안아 주렴
어루만져 주렴
나를 들어올려 주렴
중력도 없이
무게도 없이
가볍게
날아오를 때까지
오, 내 사랑!

무대 위로 가득히, 환한 빛이 차오른다. 천천히 어두워진다.
끝.

마디와 매듭

「마디와 매듭」은 국립아시아문화전당의
의뢰를 받아 쓴 무용극 대본으로, 2022년
10월 7, 8일에 국립아시아문화전당에서
공연되었다. 동지부터 하지까지의 절기들이
무대에 올랐다.

서 序

마디마디
멈추어서
숨 고른 자리

마디마디
맺히었다
흘러간 자리

벗님네야
벗님네야
세월은 마디도 없더라마는
세월은 마디도 없더라마는

사대삭신 육천 마디야
구곡간장 옹이진 마음에
달강달강
한 세월
건너올 적에

마디마디

멈추어서
숨 고른 자리

마디마디
맺히었다
흘러간 자리

벗님네야
벗님네야
세월은 마디도 없더라마는
세월은 마디도 없더라마는
사대삭신 육천 마디야
구곡간장 옹이진 마음에

구비구비 서린 말이
몇 마디더냐
심중에 남은 말이
몇 마디더냐
세월에 묻은 말이
몇 마디더냐.

동지 冬至

동지 동지 애동지
붉은 팥죽 쑤어
안방에 사랑방
윗방, 아랫방, 건넌방

동지 동지 중동지
부뚜막에 장독대
곳간, 헛간, 문간에
붉은 팥죽 쑤어 놓고

동지 동지 노동지
귀신이 스치고 간
입맛만 다시고 간
붉은 팥죽을 먹고

동지야冬至夜 긴긴밤
팥죽 같은 어둠 속에
귀신을 쫓는 밤
귀신을 부르는 밤

여름 가실 햇볕도
어느덧 마알갛게 씻기어
보애진 얼굴로
버석버석 둘러앉은 사이에

보이는 것보다
보이지 않는 것들이
더 많이 와서 앉아 있구나
있는 것보다
이제는 없는 것들이
그득히 그득히 많기도 하네

지나간 날들과
멀리 떠난 이들이
돌아오지 못할 이름들과
오래 기다려
그립고 설운 것들이
그득히 그득히 내려오는 밤

오독오독 생고구마 씹으며

와삭와삭 무동치미 씹으며
가물가물 심지를 돋우며
날 받은 색시는 베갯모에 수를 놓고
며느리는 시엄씨 버선을 짓고*
날 가까운 노마님,
몇 해 전 윤달 맞춰 지은 수의를
장롱에서 꺼내어 어루만지며

올봄에는 입을라나
올봄에는 입을라나

동지 동지 애동지
반쯤은 귀신이 되어
귀신들과 함께 앉아

　　　　　동지 동지 중동지
　　　　　버석버석, 오독오독

* 　동지헌말(冬至獻襪). 동시에 집안 며느리가 시댁 여자들에게 새 버선
　또는 새 신을 지어 바치는 풍습. 새 버선을 신고 동지부터 길어지는 해
　그림자를 밟고 살면 오래 살 수 있다고 여겼다.

마디와 매듭　　　　　　　　　　　　　　　　　　67

와삭와삭, 가물가물

동지 동지 노동지
팥죽 같은 어둠 속에
졸린 눈을 비비며

동지야 긴긴밤
불빛들 모여 앉아
가만히 심지를 돋우네.

소한 小寒

땅땅 오그라진 손으로
꽝꽝 얼음장을 부수니
깍깍 까치가 인사를 한다

그래도 아직은
안 죽었다고
용케도 아직은
살아 있다고

섣달이라 소한小寒날,
꽃눈도 잎눈도 개구리도 배암도
머언 산중 호랭이도 여우도 곰도
동그랗게 몸을 말고
겨울잠 자는 새벽

아랫목에 나란히 누운 새끼들
갈라 터진 얼굴에
버짐꽃만 희옇게
피었구나, 피었구나

야속도 하시지, 우리 할마니
먼 옛적에는
본디 곰이었다는 처음 할마니
겨울잠 자는 재주나
물려주시지

섣딜이라 소한날
꽝꽝한 새벽
동그랗게 동그랗게
몸을 말고서
오래오래 꿈도 없이
겨울잠이나 자다가
봄에나 봄에나
일어났으면.

대한 大寒 1 — 신구간 新舊間*

대한 지나 닷새부터
입춘 사흘 전까지는

신구간新舊間이라, 신구간이라

땅 아래 나리셨던 신령님네도
모도 다 하늘 우로 올라가시고

보는 눈 없으니
보는 눈 없으니

무슨 짓을 하여도

---

* 신구간(新舊間). 대한 후 5일에서 입춘 전 3일 사이로 보통 일주일이
된다. 이른바 신구세관(新舊歲官)이 교대하는 과도기로 지상의 모든
신격이 천상에 올라가 새로운 임무를 부여받아 내려온다. 따라서 이
기간에는 지상에 신령이 없는 것으로 여겨지며, 이사나 집수리를 비롯
한 평소에 금기되었던 일들을 하여도 아무런 탈이 없다고 한다. 이사,
부엌, 문, 변소, 외양간 고치기, 집 중창, 울타리 안에서 흙 파는 일, 울
타리 돌담 고치기, 나무 베기, 묘소 손질 등 다양한 일을 한다. 아무 때
나 이런 일들을 하면 동티가 나서 화를 입는다고 한다.

아무 탈이 없으니

이사도 좋다마는
집 고침도 좋다마는
산소 돌보기와
흙일도 좋다마는

아무리 눈짓을 하여도
넌지시 연애를 걸어도

　　　맹추 같은 저 녀석
　　　목석 같은 저 녀석

에헤이, 오라질 것!
자빠뜨려나 볼까?
안고 뒹굴어나 볼까?

신구간이라, 신구간이라

보는 눈 없으니

보는 눈 없으니

이 가슴 탈 나기 전에
동티 나기 전에

에헤이, 오라질 것!
자빠뜨려나 볼까?
안고 뒹굴어나 볼까?

맹추 같은 저 녀석!
목석 같은 저 녀석!

대한 大寒 2—납일 臘日*

동지 지나
셋째 미일(未日)
납일을 기다려

납일 눈을 기다려
납일 눈을 맞네
납일 눈을 받네

    아이고, 하누님
    사대삭신
    안 아픈 데가 없소

    부디 살피소사
    이 약물로

---

*   납일. 동지로부터 세 번째 미일(未日). 한 해의 농사와 벌어진 일들을
    신과 조상에게 고하며 제사를 지낸다. 불을 피우거나 음식할 때 쓰는
    기름을 만들고 병을 치료하는 데 필요한 약을 짓는다. 납일에 내린 눈
    을 받아 녹인 물을 납설수라고 하는데, 이 물을 귀하게 여겨 음식, 화장
    품, 약 등을 만드는 데 사용했다.

씻은 듯이 낫게 하오

납일 눈 나리네
납일 눈 나리네

하늘에서 내리는
약눈을 받네

하얗게 나리시는
납일 물 받네.

입춘 立春

언제나 그렇듯이
마음은 서둘러
먼저 가 있는 것

아직 오지 않은 것들에게로
마음은 어느새
달음질치는 것

머언 산에 잔설이
마른 들에 찬바람

옷깃을 여미고
저물녘 길 위에서

붉은 노을 속으로
푸른 연기 속으로

언제나 그렇듯이
마음은 달려가고

아무런 기척도 없이
마음엔 가만히

봄이 들어서네
봄이 들어서네.

우수 雨水
—시조창(정가)으로, 느리게 물이 흐르듯

먼 산에 눈이 녹고 앞내에 얼음 풀려
봄나물 돋아나고 기러기 돌아갈 제
기다린 님의 소식 아주 감감 돈절하다

잠자던 이내 수심愁心 물이 되어 흐르나니
흐르는 물을 따라 정처 없이 갈꺼나
천리나 만리라도 흘러 흘러 갈꺼나.

경칩 驚蟄

개굴개굴
개구리야
하늘에는 초엿새
좀생이 별이 떴다

개굴개굴
개구리야
잠을 깨어 나오너라
폴짝폴짝 나오너라

은행나무 씨앗을
입에다 물고
수나무를 돌아라
암나무를 돌아라*

---

* 겨울잠 자던 동물들이 잠에서 깨어 나오는 때. 경칩에 좋아하는 사람
   에게 은행나무 씨앗을 선물하면 사랑이 이루어진다고 한다. 씨앗을 선
   물로 주고받은 후 날이 어두워지면 은행을 나누어 먹고 수나무 암나무
   를 돌며 놀았다.

요내 이쁜
개구리야
손목 한번 잡아 보자
입도 슬쩍 맞춰 보자

은행나무 씨앗을
입에다 물고
암나무를 돌아라
수나무를 돌아라

개굴개굴 개구리야
어서어서 나오너라
요내 이쁜 개구리야
눈 비비고 나오너라
은행나무 아래로
폴짝폴짝 나오너라

은행나무 씨앗을
입에다 물고

춘분 春分

성님아 성님아
겨우내 베갯모에
수놓았던 풀꽃이
산자락에 피었네
들머리에 돋았네

성님아 성님아
구비구비 아홉 고개
산골로 가신 성님아

성님아 성님아
바람 부는 진펄 너머
갯가로 가신 성님아

성님아 성님아
소루쟁이 씀바귀에
물쑥 냉이 캐러 갔나

성님아 성님아

초아흐레 무신날*에
장 담그고 계실라나

영등달, 노무 달**에
할마이 내려오요
산골에도 갯가에도
영등할마이 내려오요

딸 데리고 나오신가
바람 불어 꽃 다 지오
며느리 함께 나오신가
비가 내려 꽃 다 지오

성님아 성님아
보리밭에 바람 불어
보리 뿌리 바람 드요

*   무신일(無神日). 음력 2월 9일은 귀신 없는 날이라 하여 무슨 일을 해도
     탈이 없다 여겼다. 이날 장을 담그면 군내가 나지 않는다고 한다.
**   남의 달. 음력 2월을 부르는 말.

보리 뿌리 뽑아 보며*
내 마음도 바람 드요

성님아 성님아
산골 성님아
성님아 성님아
갯가 성님아

영등달, 노무 달에
할마이 내려오요
산골에도 갯가에도
영등할마이 내려오요

딸 데리고 나오신가
바람 불어 꽃 다 지오
며느리 함께 나오신가
비가 내려 꽃 다 지오

* 춘분 무렵에 보리 뿌리를 뽑아 그 해의 풍흉을 점친다.

보리밭에 바람 불어
보리 뿌리 바람 드요
보리 뿌리 뽑아 보며
내 마음도 바람 드요.

청명 淸明 1

음 삼월 청명이라
하늘 맑고 밝은데
혼자 맑고 밝은데

냇가에 기장 심고 산 앞에 콩을 심고
사이사이 들깨 심고 옥수수 마도 심고
모시밭 개간하고 보리밭 김을 매고
울 밑에 호박 심고 처마 밑에 박을 심고
순무와 상추에다 배추 아욱 오이 심고
고추와 가지 심고 겨자 마늘 파도 심고
과일나무 접붙이기 뽕잎에다 누에치기
비 지나간 산에 올라 더덕이야 고사리
수리치, 연취, 곰취, 머위, 두릅, 삽주 순
다래끼에 뜯어 담아 볕 좋은 데 말려 두고……*

음 삼월 청명이라
하늘 볼 새 없구나

* 김형수, 이창희 옮김, 「농가십이월속시」중 '삼월령'에서 인용하고 일
  부 수정하였다.

마디와 매듭   85

혼자 맑고 밝구나.

청명 淸明 2[*]

오동나무 꽃이 피고
멧비둘기 날아드네
오동나무 꽃이 피면
고향 집 생각

뒤뜰에 담장가에
오동나무 한 그루
울 아부지 나를 낳고
심었다는 벽오동

오동나무 꽃이 피고
멧비둘기 날아가네
오동나무 꽃이 피면
아부지 생각.

[*] 청명 무렵에 나무를 심는다. 사내아이 나무로는 소나무, 여자아이 나무로는 오동나무를 심었다.

한식 寒食날

　　　　　　　　　"옛날 옛적으

　　　　　　　　개자춘지 소자춘지

　　　　　　　　개좆인지 쇠좆인지

　　　　　　무단히 고집 씬 양반 하나가

　　　　　　산으로 들어가 나오덜 안 해

　　　　　그렁께, 나랏님이 답답헝께

　　　　불 질르면 지가 안 나오고 배기겄냐

　　　온 산에다 화르륵 불을 놓았단 말여

　　이 양반이 무단히 고집 씬 양반여

　　똑 느이 할아부지 같았던 개비여

　기언이 안 나오고 타 죽었단 말여

　그 양반 불쌍타고 그런다는디

염병허고, 불쌍허기는 그것이 뭔 지랄이여

엔간허먼 나오제 뭔 지랄 났다고 타 죽어, 타 죽기를

　　암만 생각해도 그것은 헛말이고……"

불도 늙나니라

아믄 불도 늙고 말고

우리 믹여 살리니라
일 년 삼백육십오 일
살았다가 죽었다가
피었다가 여윘다가
불도 대간 안 허겄냐
기진에 맥진하야
아니 늙고 배기겄냐
오늘은 한식이라
묵은 불 여의우고
햇불 받는 날이니라
버드나무 비비어다
새불 받는 날이니라
느릅나무 비비어다
햇불 받는 날이니라
불 귀한 줄 알으라고
찬밥 먹는 날이니라

불 꺼진 아궁이에 부지깽이 발로 차며
아따 나는 찬밥 싫어 뜨신 밥 주란 말여
떼를 쓰는 날 달래며 우리 할매 하던 말씀

투덕투덕 날 어르며 웃음 섞어 하던 말씀

어제는 청명이요
오늘은 한식이라
온종일 남의 집 성묘
날이 저무네
백양나무 새닢 난 데
우리 할매 누운 자리
멀리 두고 못 가 보네
생각만 하네
불 꺼진 아궁이에
찬밥을 먹네

할매요, 할매요, 대간해서 훨훨 갔나?
불만 대간허간? 나도 대간해 똑 죽겠네
불 꺼진 아궁이마냥 요내 가슴 깜깜하이
어느 낭구 비비어다 햇불 받을라?

어제는 청명이요
오늘은 한식이라

오동나무 꽃 피는데
백양나무 새닢 난데
불 꺼진 아궁이를
들여다보네
버드나무 비비어다
새 불을 주소
느릅나무 비비어다
햇불을 주소.

곡우 穀雨 1

봄비, 봄비, 봄비에 젖어
곡우, 곡우, 곡우, 비둘기 운다
봄비, 봄비, 봄비에 젖어
기장도 콩대도 들깨도 옥수수도
호박도 동아도 순무도 상추도
배추도 아욱도 고추 겨자 오이 가지
함초롬이 물 오른다 물이 오른다
봄비, 봄비, 봄비에 젖어
사흘 굶은 강아지도 물이 오른다

산에, 산에, 저 건너 산에
다래나무 물 오른다
봄비, 봄비, 봄비에 젖어
자작나무 물 오른다
곡우, 곡우, 곡우물 받아
박달나무 고로쇠 오리나무 단풍나무
함초롬이 물 오른다 물이 오른다

---

* 곡우가 들 무렵 자작나무, 박달나무 등의 껍질에 칼로 홈을 내어 채취
  하는 물. 몸에 좋다고 하여 약수로 마신다.

봄비, 봄비, 봄비에 젖어
죽은 나무 등걸에도 버섯 오른다

친구들아 다래골로
약물 마시러 가세
내 건너 자작골로
약물 받으러 가세
산 너머 박달골로
약물 마시러 가세
봄비, 봄비, 봄비 맞으며
새초롬이 젖은 눈썹
소매 들어 훔치며
봄비, 봄비, 봄비에 젖어
곡우, 곡우, 곡우물 받아
물 오른 이마 우에 이고 오세나.

곡우 穀雨 2

곡우 비 장독대에
감꽃이 지고
우중에 너풀너풀
나비 한 마리

감꽃 엮어 걸어 주던
뒷집 머스마
수숫대에
각시풀로
풀각시 매어 주던
뒷집 머스마
갑자기 두 손으로
내 눈 가리던

야가 왜 이러냐?
        시방 흰 나비 지나갔다
그란디?
        너는 그것도 모르냐?
내가 뭣을 몰라?

흰나비 처음 보면 초상난다데,
노랑나비 처음 봐야 좋단디…….

흰나빈가 노랑나빈가
우중에 너풀너풀
나비 한 마리
지나가고
곡우비 장독대에
감꽃은 지고

어쩔라고 그랬냐
어쩌라고 그랬냐

혼자 웃었네.

마디와 매듭

입하立夏 · 소만小滿 ─보릿고개

쑥국 쑥국
풀국 풀국
송기 송기 송기떡
이팝나무 꽃 필 적에
무논에 모를 내고
앵두 오디 따 먹으며
찔레꽃 따 먹으며
태산을 넘어가겠네

쑥국 쑥국
풀국 풀국
느티 느티 느티떡
홰나무에 꽃 필 적에
산밭에 김을 매고
죽순 따다 무쳐먹고
풋보리가심하며
약수라도 건너가겠네

약수라도 건너가겠네
태산이라도 넘어가겠네

이놈의 보릿고개만 아니라면

초파일밤 먼 산에는
연등이 가물가물

이만 합시다
이만 합시다

쑥국 쑥국
쑥국새야
너도 고만 울어라.

망종 芒種
─시외버스 터미널에서

강주(광주)가 멀기는 멀다이. 공부허니라고 대간헌갑다. 얼굴이 때꾼허다이. 벨일 없지야? 먼 일이 있겄냐, 집이야, 다 괜않애. 느그 아부지 술 자시고 가끔 지랄염병허는 거 말고는…… 벨것 없어, 열무짐치하고 너 잘 먹는 거 건건이 이것저것 몇 개 쌌어야. 이것은 이번에 방아 찐 거 햇보리고. 뭣이 많애야. 안 무거, 한나도. 이까이 꺼 금방 먹지, 머. 밥 헐 때 한 주먹씩 놔 묵어. 몸에도 좋디야. 고것은 곡우살이, 한 열댓 마리 될 거이다. 죄기는 쬐깐해도 맛있는 거여. 그것은 꿀. 닷새 전에 보리타작해 갖고 있는 것을 워치케 알고는, 마침 꿀장시가 집에 안 왔냐. 느 아부지? 멋이 이쁘다고? 누구 주지 말고 너만 먹어라이? 그라고 요것은 매실. 봐라, 뇌란허니 잘 익었제? 다른 것은 아직 새파란헌디 가다 봉께 점순네 것만 요라고 뇌란해. 너 줄라고 점순네헌티 말허고 따 왔제. 요렇게 뇌란헌 것을 먹어야 독도 없고 몸에도 더 좋당만. 요것 땜세 나가 맴이 급해 갖고 새복버텀 달음질을 했당께. 익은 놈이라 금방 물러 부께비, 언능 갖다 줄라고. 설탕이다 재 놓고 먹어, 꿀 허고 같이. 나는 너 몸 찬 것이 한 걱정이다. 잘 챙겨 먹어라이? 하이고 여름 다 됐는디, 손이 왜 이러케 차냐, 참말로…… 그라고 자…… 받어, 언능…… 있어도 받어…… 어허이…… 언능 너…… 너 있는 디 가서 밥이나 한 끄니 채려 주

고 가면 쓰것는디, 또 느 아부지 지랄허깨 비 암만해도 가야
겄다…… 아부지가 먼 소리럴 해도 너머 섭섭헌 맘 먹지 말
고, 구식 사람이라 그런개 비다 맘에 두지 말어…… 아부지도
나도 구식으로 살었응께 너는 신식으로 살어야 안 쓰겄냐. 버
스 시간 됐는개 비다. 저거 타야 저녁 밥 때 맞차 가제. 느 아
부지가 나 없으면 밥이나 한 끄니 끓여 먹을 중 아는 양반이
냐, 어디. 가야제. 들어가. 악아, 무겅께 택시 잡어 갖고 가이?
응, 그려…… 응…… 간다이…….

하지 夏至

장맛비 내리는
하지 무렵엔
더운 김 설설 나는
하지감자를
포슬포슬 분이 오른
하지감자를
입김 호호 불어 가며
먹어도 좋지만

장맛비 내리는
별도 달도 없는 밤
장맛비에 떨어진
복숭아 주워다가
벌레 먹은 복숭아
따로 가려 골라다가
낙숫물 소리 자욱한
동구 밖 정자에
깜깜히 깜깜히들
모여 앉아서
물큰히 베어 먹는

복숭아가 제일이라

야야, 아서라, 불 켜지 마라
복숭아 벌레가 몸에 그리 좋단다
벌레째 먹어야 살결 고와진단다

입가에 주르르
단물을 흘리며
앞섶도 흥건히
단물에 적시며
깜깜히 깜깜히들
모여 앉아서
복숭아를 먹는 밤

상그러운 처녀들
향기로운 어둠을
입안 가득 베어 물고
빗물에 젖어
단물에 젖어
살냄새 자욱히

마디와 매듭

단물이 흐르는 밤

아스라한 그 밤
하염없이 하염없이
장맛비 내리던
그 짧은 밤
지나간 밤
하지의 밤.

소서 小暑 1
─노老마님 장마

는개*, 는개, 는개비
종일토록 오락가락
몽개, 몽개, 몽개비**

마님, 마님, 노마님
묵은 솜 펼쳐 놓고***
들창에 기대앉아

까무룩이 앉은잠
설핏설핏 노루잠
고랑고랑 여윈잠

먼 나무에 쓰르라미
물 고인 데 악머구리****

* 안개비보다는 조금 굵고 이슬비보다는 조금 가는 비.
** 는개비의 충북 방언.
*** 정학유「농가월령가」중 '유월령'에서 "노파의 하는 일은 어러 가지 못
    하여도 묵은 솜 들고 앉아 알뜰히 피어 내니……."
**** 참개구리.

마디와 매듭

어뜩 깨어 바라보니

빗기운 자욱한 데
초목은 무성하고
호박도 제철이요
민어도 제철이라

호박 절로 단물 나고
민어 한창 기름진데
말라붙은 이내 입에
고이나니 쓴 침이라

흐린 눈 비벼 뜨고
옹이 진 손끝으로
묵은 솜, 눅진 솜을
뭉게뭉게 피워 낼 제
무릎 위에 묵은 수심愁心
구름처럼 일어난다

급한 비 지나가고

먼 산에 저녁 이내
석양이 비껴드니
살아온 날 꿈 같구나

묵은 솜이야
다시 핀다마는
묵은 이 몸은
어느 손이 있어
다시 피워 줄꼬?

마님, 마님, 노마님
무릎 위에 뭉게뭉게
묵은 솜 피워 놓고

솜 구름에 묻히어서
들창에 기대앉아
하이얗게 바라보네

는개, 는개, 는개비
저무도록 오락가락
몽개, 몽개, 몽개비.

소서 小暑 2
— 젊은 새댁 장마

시집 온 지
석 달에

소서 장마
달구비*

봄 산에 울던
뻐꾸기
빗속에서 울고요

간밤 꿈속에
울 어매
아무 말도 않고요

소서 진비**
작달비***

*   빗발이 아주 굵게 쏟아지는 비.
**   멎지 아니하고 계속해서 내리는 비.
*** 굵직하고 거세게 좍좍 쏟아지는 비.

노무* 집에
새끼 놓고

빗속에서 울고요
멀리서만 울고요.

대서 大暑
—홀어미의 노래

나는 홀어미
너는 홀아비

염천 뙤약볕에
내 얼굴도 까맣구나
네 얼굴도 까맣구나
바짝바짝 타는 가슴
네나 나나 일반이냐
나 혼자만 속앓이냐

　　호박나물 잘도 받아먹더니
　　유두국流頭麴*은 잘도 받아먹더니
　　개장국은 잘도 받아먹더니
　　앙가슴은 잘도 훔쳐보더니

나는 홀어미
너는 홀아비

* 　음력 6월 보름날인 유둣날에 참밀 누룩으로 구슬 모양의 국수를 만들
　어 오색으로 물들이고, 세 개씩 포개어 색실로 꿰어 맨 것.

마디와 매듭　　　　　　　　　　　　　　　　　109

너도 알고 나도 알고
뭣이 그리 걱정인가?
남의 눈 남의 말이
뭣이 그리 중하단가?

염천 불더위에
염소 뿔도 녹는당만
가문 밭에 수박이야
혼자 쩍쩍 벌어징만
돌부천가, 말뚝인가
어째 그리 말이 없노?

아이고 답답 저 멍청이
논두렁만 깎고 가네
아이고 폭폭 저 못난이
눈길만 주고 그냥 가네

호박나물 잘도 받아먹더니
유두국은 잘도 받아먹더니

개장국은 잘도 받아먹더니
앙가슴은 잘도 훔쳐보더니.

입추 立秋

어정 칠월 건들 팔월
당신은 그렇게
어정어정 건들건들
나를 지나갔지요

어정 칠월 건들 팔월
당신은 무심하게
지나가는 바람처럼
나를 스쳐갔지요

칠석七夕이라 견우牽牛 직녀織女
만나고 헤어질 때
이별루離別淚 비가 되어
바람 끝 서늘한데

나 혼자 일이지요
당신은 모르지요
어정어정 건들건들
흔들리던 내 마음

아무 일도 없었지요
아무 일도 없겠지요
비도 올 일 없겠고요
바람 불 일 없겠고요

만난 적이 없었으니
헤질 일도 없겠지요
눈 기약도 없었으니
다시 볼 날 없겠지요

어정 칠월 건들 팔월
해는 아직 뜨거운데
가지 위에 저 매아미
울음소리 요란한데

당신은 모르지요
나 혼자 일이지요

어정어정 건들건들
나만 혼자 서늘해서

건들건들 어정어정
나만 벌써 가을이에요.

처서 處暑
— 포쇄曝曬*

살지고 연한 밭에
김장 배추 심어 놓고
거름하고 깊이 갈아
김장 무를 심어 놓고**

햇볕은 포슬하고
바람도 소쇄瀟灑하다
성가시던 모기들도
입이 비뚤어진다

무더위 긴 장마에
젖은 옷을 말려 보자
바지랑대 높이 걸어
묵은 빨래 널어 보자

* 물기가 있는 것을 바람에 쐬고 볕에 말림. 정학유, 「농가월령가」 중 '칠
월령'에서 "장마를 겪었으니 집안을 돌아보아 곡식도 거풍하고 의복도
포쇄하소……."
** 「농가월령가」 '칠월령'에서 인용하고 일부 수정하였다.

처서라 여름 가니
처서라 포쇄로다
노오란 햇볕 아래
선선한 바람결에

곰팡난 이 가슴도
눅눅한 이 마음도
훌훌 털어 말려 보자
까슬까슬 말려 보자

목화밭 올다래도
보송보송 피었단다

그 누가 알아주리야
심중心中에 고인 눈물
구곡간장 서린 한숨
말하면 무엇하리야

목화 다래 입에 물고
풋감 우려 입에 물고

처서라 포쇄로다
햇볕 아래 바람결에
젖은 옷을 널어 보자
젖은 마음 말려 보자.

백로 白露
―근친覲親*

아홉 고개 넘어
산모롱이 돌아
다섯 내 건너

새벽길을 걸어요
안갯속을 걸어요
이슬에 젖어 걸어요

밤새 귀뚜라미
호롱불 켜고
저고리 한 벌 지었어요

아홉 고개 넘어
산모롱이 돌아
다섯 내 건너

홀로 계신 울 엄마

* 백로는 고된 여름 농사를 다 짓고 추수까지 잠시 일손을 쉬는 때다. 여
  인들은 이때 짬을 내어 친정에 근친을 갔다.

삼 년 만에 울 엄마
가물가물 울 엄마

고된 여름은 지나갔어요
가을걷이가 남았지만요

얼마나 남았을까요?
몇 번이나 이 길을
오가게 될까요?

떡고리도 없네요
술병 하나 없네요
고기 한 칼 못 끊고
저고리 하나 달랑 들고

아홉 고개 넘어
산모롱이 돌아
다섯 내 건너

홀로 계신 울 엄마

삼 년 만에 울 엄마
보고 싶은 울 엄마

버선발 이슬에 젖어
치맛자락 다리에 휘감겨
줄달음치는 마음

새벽길을 걸어요
안갯속을 걸어요
이슬에 젖어 걸어요

　　고된 여름은 지나갔어요
　　엄마, 여름은 지나갔어요.

추분 秋分
— 만삭滿朔

머루가 먹고 싶어
다래가 먹고 싶어
밤 대추 개암 호두
포도 사과 홍시 밀감
무화과 배 유자 석류

마알간 가을볕에
빠알갛고
노오랗고
까아맣게
익어 오는

소슬한 갈바람에
달큰하고
새콤하고
고소하게
고여 오는

이 가을
그득히 수런거리는

그 모든 열매를
이 가을
진득이 흘러넘치는
그 모든 즙들을

남김없이 먹고 싶어
터질 듯이 먹고 싶어

이 가을
그 모든 햇빛과 바람을
온 세상을

입안 가득 베어 물고

허공에 뜬 저 달이
먼 바닷물을 끌어올리듯
그렇게 가만가만
터질 듯이 차올라

보름달처럼

보름달처럼

너를 낳고 싶어.

한로 寒露

제비는 돌아가고
기러기 날아오고

만산홍엽滿山紅葉에
울밑에는 황국화黃菊花

산자락에 산수유山茱萸
붉은 열매 머리에 꽂고*
먼 고향 바라보다
돌아가는 아낙네

먼저 간 아들내미
무덤가에
띠풀 뽑는
등 굽은
늙은 어미

* 한로 무렵 높은 산에 올라 수유 열매를 머리에 꽂으면 잡귀를 쫓을 수
  있다고 여겼다.

제비 날개에도

기러기 이마에도

만산홍엽

황국화 꽃잎 위에도

산수유 열매

아낙네 속눈썹에도

무덤에도

띠풀에도

늙은 어미

굽은 등

허옇게 센 머리칼 위에도

찬이슬

찬이슬

찬이슬.

상강 霜降

—갱년更年

감나무 까치밥도
건넛산 단풍잎도
간밤 무서리에
더욱 붉어졌는데

서리 맞은 풀마냥
나는 시들었어라우

달거리도 그치고
서답빨래도 이제 그만
끝이어라우

끝이어라우
걸구찮은 짐 벗은마냥
시원섭섭해라우

어쩌겠소
가는 세월 오는 서리를
안 맞고 배기겠소

진땀 나고
열불 나고
자다가도 벌떡벌떡
열두 번을 일어나도

어쩌겠소
가는 세월 오는 서리를
뭔 수로 개리겠소

속없는 저 양반은
내 볼때기에 단풍 들었다고
연지 곤지 찍었으니
시집 가야 쓰겄다고
그것도 농이라고
아조 지랄을 허요

　　그렁게, 저런 거는 아조 탁 걷어차 불고
　　새로 시집이나 갈께 비여.

입동 入冬

이른 봄 언 밭갈이
무논에 써레질과
거름 져 나르기와
연자방아 돌리기
한여름 땡볕 아래
짯짯한 가을볕에
구비구비 시오리十五里
읍내 길 깔끄막을
지붕 같은 나락섬에
태산 같은 나뭇짐을
달구지에 가득 싣고
진 침 뚝뚝 흘리면서
흰자위를 뒤집으며
오메, 오메 부르면서
발굽이 다 닳도록
오간 날이 몇 날이냐

누렁아, 내 누렁아
잎 진 가지에 북풍 온다

콩죽을 끓여 주마
덕석을 덮어 주마
햇쌀 방아 찧어다가
시루떡을 먹여 주마*

누렁아, 누렁아
자식 같은 소라는데
인두껍 쓰고 차마
나는 그말 못하겠다

누렁아, 내 누렁아
가을 가고 겨울이구나

잔등이나 쓸어 주마
콧등이나 긁어 주마
너도 그만 쉬려무나
잠시 잠깐 쉬려무나.

*   입동에는 햇곡식으로 시루떡을 만들어 토광, 터줏단지, 씨나락섬에 가
    져다 놓았다가 먹고, 농사에 애쓴 소에게도 가져다주었다.

마디와 매듭

소설 小雪

봄날인 줄만 알았지요*

바람도 햇볕도
삼월이어서
고샅길엔 개나리도
한둘 피어 있어서
허공에 흩날리는
허연 것들이
내 눈에는 잠시 잠깐
꽃잎 같아서

봄날인 줄만 알았지요

동구 밖 정자나무
기대어서서
한참을 큰길가 바라봤지요
한참을 멀거니 기다렸지요

*　소설에는 살얼음이 잡히고 땅이 얼기 시작하지만, 아직 따뜻한 햇볕이
　간간이 내리쬐어 소춘小春이라고도 불린다.

봄이면 오마던 당신

당신은 안 오고
첫눈 오네요
서둘러 핀 개나리
지고 있네요.

대설 大雪

소복이 소복이
나리어
포근히 포근히
덮어다우

봄과 여름 그리고 가을
땀 흘려 애쓰고
앓아눕는 이 땅을
이제 잠드는 땅을

　　　굴뚝마다 무럭무럭
　　　콩을 삶는 김 나고

　　　처마마다 주렁주렁
　　　메주들이 걸릴 때*

소복이 소복이

* 대설 무렵 콩으로 메주를 쑤어 다음해 담글 장을 준비한다.

나리어
포근히 포근히
덮어다우

푸릇푸릇 돋아나는 여린 보리 싹
서릿발에 들뜨는 연한 뿌리를
지그시 눌러다우
가만히 안아다우
얼어붙는 그 꿈을
적시어다우
메마른 목숨을*

그리하여
멀고 또 아득한 봄날에
우리는 또 한 고개**를 넘어가리라

*   대설에 눈이 많이 내려 보리밭을 덮으면 보리농사가 풍년이 되리라 여
    겼다.
** 보릿고개.

눈이여
대설의 눈이여

아이들은 삶은 콩을 입에 물고 눈밭을 건너간다.

외롭고 쓸쓸한 사람은 혼잣말을 열심히 한다지요?
「토카타」의 여자와 남자도 그렇습니다. 여자는 남편과
반려견을, 남자는 연인을 먼저 떠나보내고 홀로
남았습니다. 둘의 독백을 통해 그 사랑과 상실의 시간이
엇갈려 흘러갑니다. 늙음과 병에 결박된 그들이 한사코
매달리는 것은 몸의 기억입니다. 무언가 와닿고,
누군가 어루만졌던 순간들.

'토카타'는 악곡의 한 형식으로, 이탈리아어
'토카레(toccare)'에서 유래한 이름이라고 합니다.
'토카레'는 '닿다', '만지다'라는 뜻이고요. 동시에 어딘가에
'다다르다'는 뜻도 찾을 수 있습니다. 그 의미의 간극을
채우고 있는 것은 시간입니다. "생을 탁, 꺼 버리고 싶"던
여자와 "가망 없이 가라앉"던 남자는 느릿느릿 생의 감각을
회복합니다. 빈 가지에 목련이 피는 것을, 볕이 여름으로
다가서는 것을 봅니다. 잃은 채로 계속 살아가는 일을
수긍합니다.

여자와 남자의 독백, 그리고 무용수의 춤이 나름의
음으로 들고나는 「토카타」처럼, 「마디와 매듭」 또한 음악에
적을 두고 있습니다. 이 극은 얼핏 시처럼 보이는 스물여덟
편의 노랫말로 이루어져 있는데요. 말맛이 뛰어난 어휘와
반복으로 자아내는 박자 덕분에, 노래로 듣지 않아도 읽는

것만으로 흥이 올라옵니다. 제목의 '마디'는 이십사절기를
가리키는 것으로, 편마다 절기에 얽힌 서사를 풀어냅니다.
여성 화자들이 삶에서 느끼는 기쁨과 보람, 그리움과
수심에 대해 목소리를 내고 있다는 점이 귀합니다.

　　우리는 절기로 '시간'과 '순환'을 다시 인식합니다.
시간은 일렬로 나아가고 되돌릴 수 없지만, 그 속에서
자연과 인간은 끊임없이 무언가를 되풀이하고 있지요.
그 되풀이가 시절을 견디는 힘이 되곤 합니다. 눈이 내릴
때 꽃이 필 것을, 밤이 길 때 낮이 길어질 것을, 죽음이 닥칠
때 또 다른 삶이 기어코 찾아올 것을, 그리고 그 반대의
때를, 묵묵히 기다리게 합니다. 저마다 어떤 모양의 매듭을
지으면서요. 「마디와 매듭」의 구절처럼, 그렇게 "우리는
또 한 고개를 넘어"갑니다.

　　두 작품은 모두 목소리로 그득 채워진 극입니다.
어느 단절의 시대를 살더라도, 서로 접촉할 수 없더라도,
목소리가 가지 못할 곳은 없지요. 이 목소리들은 언제고
우리 각자의 추억과 상처를 어루만질 것입니다.

한정원(작가)

토카타

1판 1쇄 찍음	2024년 4월 5일	지은이	배삼식
1판 1쇄 펴냄	2024년 4월 19일		

발행인   박근섭 박상준
펴낸곳   (주)민음사

출판등록   1966. 5. 19. 제16-490호
주소   서울시 강남구 도산대로 1길 62(신사동)
          강남출판문화센터 5층 (우편번호 06027)

대표전화   02-515-2000
팩시밀리   02-515-2007
홈페이지   www.minumsa.com

한국어판   ⓒ 배삼식, 2024. Printed in Seoul, Korea
ISBN   978-89-374-5658-9 03810